Autour de la recherche, lettres

追忆往还录

[法] 马塞尔·普鲁斯特 & 安德烈·纪德 著

宋敏生 译

Marcel Proust & André Gide

四川文艺出版社

目 录

纪德致普鲁斯特

普鲁斯特致纪德

纪德

亲爱的普鲁斯特：

几天来，我没放下您的作品。我百读不厌，乐在其中而难以自拔。唉！这部作品我如此喜爱，不知内心却为何这般痛苦？……

拒绝这部作品是新法兰西评论社最严重的错误——（我深感羞愧因为我对此负有重大责任），这是一生中最刺痛我，令我感到遗憾、后悔的事之一。也许，这里面有难以逃脱的命定因素。将近二十年前我们在"圈子里"有过数面之缘，但以当时的印象来解释我的错误显然不够。对我而言，您还停留在过去经常出入 X 和 Z 夫人家，在《费加罗报》……上发表文字时的形象。我当时认定您——我要向您坦白吗？——就是"维尔杜兰夫人家那边"的公子哥。

附庸风雅、热衷社交的人，在我们杂志社最不受欢迎。现如今我侃侃而谈，给您解释，要助您出版这部作品。倘若当时也能如此从容，我会觉得这一姿态富有诱惑力。唉！如今这只能让我深陷过去的错误。当时，我只拿到您的大作之一卷，仅随手翻翻就放下了。不幸的是我的注意力刚巧落在 62 页春白菊茶那一段，随后我在 64 页一句话上又跌了一跤（这部作品中我唯一不大理解的一句话——到目前为止亦如此，因为我不能等读完全书才给您写信），这句话谈到颧骨隐现的前额。

此刻，对这部大作我仅说喜爱是不够的，觉得我对它、对您饱含一份深情，一份仰慕，一份独特的偏好。

我不能继续说了……太多的遗憾，太多的痛苦——特别是想到这可能勾起我荒谬拒绝您的那档事，想到拒绝给您造成的伤害。而今该由您来评判我了，如同我曾对您那般不公也好。我不会原谅自己，——为了减轻一点我的痛苦，今晨我向您忏悔——求您比我对我自己更宽容些。

安德烈·纪德

亲爱的普鲁斯特:

我再次给您写信,因为昨天听说您跟格拉塞没有任何明确合约,无须将《追忆似水年华》其余两卷交给他。这真的可能吗?

新法兰西评论社愿意承担所有出版费用,一俟第一卷目前版本售罄,会竭尽所能将其放进随后出版的全集里。这是新法兰西评论社编委会昨日会议一致而激动人心的决定(我专程从佛罗伦萨赶回参加会议)。我负责向您告知我们的决定——我是以八位您大作热忱仰慕者的名义跟您交谈。太迟了?啊!倘若如此,您一句话就断送了我急切的希望。

您虔诚的

安德烈·纪德

亲爱的纪德：

我时常觉得某些大的快乐需要先摒弃我们过去享受的无足轻重的快乐。但无此快乐，也享受不到别样的、极致的快乐。若不是新法兰西评论社的拒绝，再三的拒绝，我也收不到您的来信。倘若书中的字句并非完全沉默，倘若（如我所想）这些字句如同解析后的光谱，向我们展示那些特殊人物所形成的隐秘的上流社会，展示其内部结构。读过我的书，您不可能对我还不了解，不可能不知道我收到您来信的快乐远超在新法兰西评论社出版作品的快乐。我甚至可以坦白，遭遇新法兰西评论社的怠慢，对此我从未装作无动于衷。您的朋友（我几乎认为可以说是我们的朋友）科波²可以告诉您。最后几次被他的杂志拒绝后，过了很久，我写信祝

1　斜体标注的日期并非出自普鲁斯特之手，而是由安德烈·纪德提供给我们的。——原注

2　雅克·科波（Jacques Copeau, 1879 – 1949），法国作家、戏剧革新家。1908 年与纪德、施伦贝格尔等一起办了文学刊物《新法兰西评论》，并成为首任主编，后来又一手改建成立了著名的"老鸽巢剧院"。

他戏剧创作成功（我记不清确切的词句，只记得大体意思）："您会遇到阻力，一些人不理解您付出的意义。比起我所经受的，您的痛苦要轻些，因为这些人本该理解我的付出。您要知道，为了给我的书找个合适的去处，我已不顾自尊。在已有一家出版商和报纸接纳的情况下，我却抛弃了人家，自信满满，希求在您这里找一家出版商和杂志。没想到，出版商和杂志压根都不要我。《福音书》里的话总是对的：'他想要进入继承体系却不被接纳。'我记得给他引了这句话，还跟他说封闭道路很容易，但不要把非这条道上的人弃置于此。只在报纸上发稿的人，尽管杂志更适合他们，奈何这些杂志压根不要他们。"亲爱的纪德，我之所以跟您讲这一切，是想向您表明我的诚意。我得说，对您的感情（除了深深的敬仰之外）便是最诚挚的感激之情。您要是为制造了我的痛苦而后悔（您以另一种方式又在制造痛苦，不过我要当面告诉您，要是我的健康状况允许），我求您不要有任何懊悔，您给我带来的快乐远远超过痛苦。您若还能感受欢欣或痛苦，那就遵照您过去的善行（我通过您的杰作《陪审员笔记》得知），保持幸福。我多想让我喜欢的人分享您给我带来的快乐。嗯，我会记住的。方才，我跟您说曾热望作品能在新法兰西评论社出版，以便让人在高贵的氛围里感受这部作品，因为在我看来，理应如此。还不止如此，您知道，经反复权衡，下定决心去旅行，做决定的快意，这定格的快乐画面终于战胜了离家的惆怅，等等。这常常是小的快乐，被记忆从尘封往事里随机抓取而来……如同在特定天气，特定时刻吃了一串葡萄。出发本身的快乐，等我们回来后才发现并没有享受它。不过，完全坦白来讲，这份小快乐促使我突然决定，尽管当时拖着病体，去伽里玛先生那里无望地奔走，坚持。为的是，我记得很清楚：被您读到的快乐。我跟自己讲："我的作品若在新法兰西评论社出版，他很可能会读到。"我记得就是那串新鲜的葡萄让我抱有希望，希望战胜始终没人回应电话的烦恼，诸如此类。没想到，"路那边"传来如此令人愉悦的回应。不过，这份快乐，比要出门旅行的人更幸福，我终于得到了，尽管非如我所想，非承我所想，来得更晚些，不一样，要大得多，以您来信的形式呈现。在您的信里，我"找回了逝去的时光"。感谢您，我得停笔了。为了跟您在一起，《梵蒂冈地窖》让我一整晚追随您。

您忠诚而感激的

马塞尔·普鲁斯特

　　我真心感谢您，您能想见要是能同您会面我该有多高兴！可惜这太难实现。不过，好在离您不远。巴拉利乌尔夫妇、朱斯特－艾瑞诺尔、朱利乌斯，特别是拉夫卡迪奥[1]，他们比电话更忠实地在您我之间传递信息。想着还能见拉夫卡迪奥，见不到您也能稍许安慰些。但我急切想见您！我多想就安排在 2 月 1 日！要是拉夫卡迪奥拿了那位年轻女子的钱包，她结局会怎样呢？我从未如此期待《新法兰西评论》，对任何别的杂志从未有如此的耐心。

　　再次感谢，一切安好！

　　　　　　　　　　　马塞尔·普鲁斯特

1　这几个名字都是纪德作品《梵蒂冈地窖》中的人物。

亲爱的朋友（您允许我跟您用这个称呼对吧，我必须用这个称呼。作为日常习语，这个万能称呼备受折磨，被我们掏空了意义。不过，我在称呼您时，它奇妙地膨胀，装满了我内心所有的感情），间隔几个小时我收到了您第一封信和书，现在又收到您第二封信，这如同在靠近一个星球时，信号大增。那里没有等级、冷酷和肉欲，只有高贵、道德的高尚，动人心魄的至美。我等病稍轻点就给您回信：我必须起床才能去找那份合约，我一点也记不得里面写了什么。

即使合约给了我完全的自由，我估计也不会行使这份权利，担心这样对格拉塞不友善。最近，法斯盖尔（早先我本该在他家出版）托人要我（的确这并非正面接触，我认为不像受托人所讲的那么正式）在他家出版第二、第三卷。我片刻未曾动念，不打算抛弃格拉塞，但新法兰西评论社则另当别论。您知道，这是我梦寐以求的荣光，请替我感谢您朋友们给的这份荣光。不要因为我急于答应的心理而跟格拉塞应对失策。我会慎重考虑，几天后给您回复（无论如何，要是我下定决心接受提议，我觉得必须有一条，出版费用完全由我个人承担）。我为您朋友们的善意所感动，请您一定转告他们。他们中有两位我深表感激：盖翁[1]先生和里维埃[2]先生（我估计他们属于您提到的那八位），感激他们给我的来信。盖翁先生的信件尤为突出（这封信带给我的快乐远超一篇"佳作"！），我曾不揣冒昧给他写信，表达对他此前在《新法兰西评论》上发表的关于我个人言论的不满。我对此次心理波动深以为憾。不过，后来发生的事情似乎又给了我理由。我在信中跟他谈到他这篇大作可能造成的误会及对我作品的误解。自此（由是可以证明他的影响力），我收到数不清的剪报，文中那些批评家有着类似的理解力和健忘症，引用盖翁先生的词句时如同己出："普鲁斯特先生根本不懂拒绝。他的作品与艺

1　亨利·盖翁（Henri Ghéon, 1875 – 1944），法国作家、诗人、文学批评家。纪德密友，《新法兰西评论》的创办人之一。
2　雅克·里维埃（Jacques Rivière, 1886 – 1925），法国作家、出版家、文学批评家，自1919年担任《新法兰西评论》杂志主编。1919年获得首届布鲁达尔文学奖。

术背道而驰。"我很高兴收到这些剪报，回头来看，剪报在某种程度上减轻了我的冒失，因为那封令我甚为懊悔的信却得到盖翁先生令人感佩的迅速回应。亲爱的朋友，跟您聊天感觉特别好，以致我劳累过度，要跟您讲的还没来得及说就得停笔。过几天我再跟您写信。等哪一天我好些了，我尽力来见您。您应该能感觉到，对吧，在我们愉快的交谈中，我对您的感情包含感激、友爱、敬仰。交谈中，可以对前面的话再做必要的补充，话语不像信件不可更改，没有绝对确定性。所以，我要向您坦白，我对您曾有过抱怨，但您的仁慈善意消除了我的不满。我累了，只得就此搁笔，但我向您保证，我是怀着真情跟您握手。

马塞尔·普鲁斯特

我要是从格拉塞那里撤走我的书，您可能会想着求他不要怨恨我。我求您别这样做，因为这意味着我早有撤走的欲望、意图。但这很不友好。我会仔细思量。我要是觉得可行，还是我自己去办为好，干脆利落。我要是不敢，最好他不要知道我曾动过此念。

　　顺及——我觉得没跟您谈过您信中（关于无日期日记）最让我感动的部分。您肯定以为在新法兰西评论社出版作品于我是极大的快乐，无尽的快乐。您有此好意于我足矣，请不要再为此操累。若您不能马上抛弃此念，自当有您的考虑，但最终只能叫我惹人嫌恶，因为我是被您所迫参与一件难以实现的事情。我特别满足当前现状，别无他求。

我亲爱的纪德：

要不是特别兴奋，我就不急着致谢您送来的样书，就会等着读过再说。我要告诉您，我特别喜欢您的《梵蒂冈地窖》，一直是它惶恐的俘虏。这并非我的错，错在您让我们同时欣赏的东西差异太大——同一个人能保持"居间"状态，这令人惊诧却美不胜收。您对泰戈尔所表现出的谦恭，我觉得十分优雅而高贵，跟您的陪审员意识分不开。塑造卡迪奥时，他身上有那么多的悖逆，自巴尔扎克及《交际花盛衰记》问世以来，无人能及此真实感。我认为，巴尔扎克通过人物身上的俗气来助其创造吕西安·德·鲁邦普雷[1]。吕西安的言辞中夹有"污言秽语"，但真实自然，叫人喜欢。巴尔扎克也常有此类言辞，甚至出现在其信件里。而您，借此创造卡迪奥！……对您这部小说我有很多话要

---

1 吕西安·德·鲁邦普雷（Lucien de Rubempré）为巴尔扎克长篇小说《交际花盛衰记》中的主人公。他是位青年诗人，混迹于上流社会，耽于放荡和逸乐。他本性懦怯，却又野心勃勃，向往在高层出人头地，但最终却死于牢狱之中。

说，它比一部史蒂文森[1]小说更富激情，情节错综交汇，如同教堂里玫瑰花瓣窗饰的构造。在我看来，这是最为精巧的构造。不过，我可能无权这么讲，因为我在着力完成作品布局后，会刻意抹去过于明显的构造痕迹，高明的鉴赏家在此只看到自在、随性、丰富。您《梵蒂冈地窖》中有些东西，我只能逼着自己去喜欢。我讲的并非仅有弗勒里苏瓦尔[2]的纽扣，还有无数的具体细节。而我写作时，可能出于疲累，或出于懒惰，或出于厌烦，不会去描写不能给我带来诗意愉悦感的东西，抑或我认为没能抓住普遍特性的东西。我创造的人物从不摘掉领带，也不会去玩换领带的"游戏"（如《伊莎贝尔》开篇）。不过，我认为您是对的。我逼着

1　罗伯特·路易斯·史蒂文森（Robert Louis Stevenson, 1850 — 1894），十九世纪后半叶英国伟大的小说家。代表作品有长篇小说《金银岛》《化身博士》《绑架》《卡特丽娜》等。早期他到处游历，为其创作积累了资源，后期致力于小说创作，取得了极高的成就，其作品风格独特多变，对二十世纪现代主义文学影响巨大。到了二十世纪中期，评论家对其作品进行了新的评价，开始审视史蒂文森而且将他的作品放入西方经典中，并将他列为十九世纪最伟大的作家之一。

2　纪德作品《梵蒂冈地窖》中的人物。主人公拉夫卡迪奥在一列火车上与其偶遇，无故将其从火车上推下摔死，以实验其"无动机行为"。

自己跟随您的人物弗勒里苏瓦尔去药店，而长久以来巴尔扎克就是如此逼我，而现实，生活，莫不如此。读您的小说我充满激情，这着实在创造，如同米开朗基罗式的创造。造物主不在场，是米开朗基罗在创造万物，他并非造物主之创造物。我看您安排弗勒里苏瓦尔的来来往往如同西斯廷教堂中发怒的上帝，将月亮安在天上。这封信我觉得十分滑稽，若您寄赠我《梵蒂冈地窖》，可视为对您的先行致谢。不，*我求您还是别给我寄赠了*。等它出版了，我给您再写信，这次来谈泰戈尔。请接受我诚挚的友情。

马塞尔·普鲁斯特

　　我不知道是否跟您讲了，我觉得您的序言很精彩。

亲爱的朋友：

　　有人刚给我送来您的信。对了，您在信中说此时您正极度悲伤。不过，我要告诉您，我这人对别人隐私毫无兴趣，但能守口如瓶。别人想跟我交心时，可能的情况下我会打断他。我无力为自己获得什么，无力避免最小的伤害，但我却有能力（显然这是我唯一的天资）时常给别人谋求幸福而避免给其带来痛苦。我不仅让冤家言和，还让恋人重归于好。我只能让自己痛苦减轻，却能叫病人痊愈，我让懒人奋起而自己却懒散如故。您要是觉得我能以某种形式介入给您造成痛苦的事情，我可以去您想去的地方，有需要的话可以二十四小时内出发去旅行。您不必顾虑我的身体状况，长期疲累我受不了，但偶尔一次没有问题。这一品性（我跟您说得很轻松，除此之外我对自己知之甚少）让我能给别人带来成功机会，看起来有点圆滑，但着实是忘我，是专为了朋友的好。通常这种品性很难出现在同一个人的身上。倘若我什么都做不了，就不要给我回信。要是您的痛苦来自于难言之隐，说出来就能好些，那就不要犹豫说与我。另一方面，我写书时觉得斯万要是了解我，利用我，我就会安排奥黛特爱上他……亲爱的朋友，斯万提醒我您跟我谈其出版问题，原谅我今日不跟您谈此话题：我陷入对您痛苦的思考。希望这次您能辨识我的信，因为我写得很潦草，昨天的信您就没看清。我没有说格拉塞很友好，说的是我担心自己不够友好："要知道我的义务不是您的义务。"出版我的作品，格拉塞没什么可后悔的，两个月中他再版了四次。尽管目前我的经济状况堪忧，但每次我只接受他要给我版税的一半。倘若我下定决心改换门庭（我觉得不会）到新法兰西评论社，条件是必须由我承担各卷出版费用[1]。要是我帮您什么也干不了，您就不要给我写信，就不要回信。要是我还能做点什么，就给我写信。不过，要知道傍晚之前我很可能收不到您的回信。要是您打算明日周一让我出来，最好在信封上

---

1 普鲁斯特在跟新法兰西评论社签订出版合同时放弃了这一要求。——原注

标注，要求信差尽早将信转交于我。

　　要是您认为我什么也干不了，我们就不要再通信了，因为写信于我是特别疲累的事。再次感谢，对您我怀有无限友情和敬意。

　　　　　　　　　　　　　　马塞尔

　　　　　　　写在信封上

　　要是您需要我明天做点什么（如出发等），我就叫人等您的回信。傍晚时能有准信我会少些焦躁。您若是不需要我，只用简单说声没有回音，就不用给我写信。

无日期的一封信

附有一束拉舒姆花店[1]的玫瑰

你跟我诉心殇，

叹希望之幻灭，

我唯能为你捧上

几枝含露的玫瑰。

（奥古斯特·维里耶·德·李尔－阿当[2]）

您一直还那么悲伤吗？

您的

马塞尔·普鲁斯特

1　拉舒姆花店（Lachaume）是巴黎至今存活下来的最古老的花卉店，
　　于 1845 年由儒勒·拉舒姆（Jules Lachaume）创建，成为巴黎最
　　负盛名的四大花店之一，为巴黎的名流们提供鲜花花束。在这家花
　　店的编年史上，充满各种轶事趣闻。比如，马塞尔·普鲁斯特每天
　　早上来这里收集一种卡特兰（Cattleya）兰花，然后炫耀般地把它
　　佩戴在扣眼上。
2　奥古斯特·维里耶·德·李尔－阿当（Auguste Villiers de l'Isle-
　　Adam, 1838－1889）是法国近代文学史上的一位重要作家。维里
　　耶终生以写作为业，其作品内容丰富，体裁多样，包括诗歌、戏
　　剧、小说、随笔、艺术评论；代表作有短篇小说集《残酷故事》、
　　长篇小说《未来的夏娃》和剧作《阿克塞尔》。

亲爱的朋友：

我求您不要因为《地窖》[1]而丧气，大家都为之痴迷。而我，却为之疯狂（这可能不是最高的敬意，却是极大的敬意）。可能需要十封信或十次对谈让您理解卡迪奥给我造成的痛，这就是作品存在的首要理由："我造痛，故我在。"不，我亲爱的朋友，若您生活中多感忧伤，"文学上的成功"远不能减轻这份忧伤，这一点我最清楚。为自己的作品伤心难过，这似乎有些荒谬。何必操心作品于您是否过时，它诞生于我们的思想，此刻它正熠熠生辉，朝气蓬勃。那就任其脑脑相传，完成其神秘的播撒历程吧！天助您已完成这一历程。您要我就此不对您做评判！我该怎么说呢，我自身连第二卷的打印稿都无力再审读，连至少口述第一稿的力气都没有，尽管这样肯定会更清晰，要拿这未定型的东西去出版，我多希望您没读它。关于《地窖》，有些事可能让您感到不公；我阅读《地窖》期间，许多如我一

1　普鲁斯特对《梵蒂冈地窖》的简称。

样正在品读的读者也感到不公，而其他人则很快要我承认这是错的。因为自《罪与罚》和《卡拉马佐夫兄弟》问世以来，我们认为要不是模仿陀思妥耶夫斯基，没有一位罪人不曾力图逃避审判。这很愚蠢。按这样的说法，托尔斯泰就不可能写出无序的《战争》[1]，因为司汤达已这样写过。那么，陀思妥耶夫斯基笔下的人物跟卡迪奥比能有多大的不同！我甚至确信陀思妥耶夫斯基理解不了卡迪奥的魅惑力和非道德性。（我很想知道卡迪奥的所有"大叔"是否皆为"大妈"。这一切都有意味！）问号，日出的曦光与淡淡的希望，您的书以此结尾。从纯几何学的结构看，这特别有意味。大家期待结局收得更完整，期待有一本完全闭合的书。您的结尾我更喜欢，因为它属于我最喜欢的法则之一。而我呢，写作时我往往寻求展示同一个体在不同压力下道德气氛的变化。正是为此我特别欣赏以这令人振奋的清晨来结尾。亲爱的朋友，我跟您有太多的话要说。尽管疲累不堪，我还是要不情愿地再加几行字回应

1　普鲁斯特对《战争与和平》的简称。

您关于我这本书的问题。就两句话，如下：我不知道是否告诉过您（我搞不清）我给格拉塞写过信。在信中，我提到因为有些事情对他不满。他给我的回复空话连篇，不过在信末，他以一种令我惊诧的方式提到商业合同。回信中我对其表达了我的惊诧。于是发生了我最担心的事，我对善意毫无抵抗力。他在信中说我高兴如何就如何，他解除我一切合同束缚，他要的是我全心全意而非出于无奈而选择格拉塞。这样一来，我只能拱手退还他给我的自由。我于是告诉他会在他那里出版我的作品，但保留在别处出版其他版本的权利，他也承认依据合同我可以如此。（这样讲我只是想有更大自由度，但我实在看不出有这么做的必要。）至于您杂志要的片段，悉听尊取。您只需要告诉我页数以便我大概计算一下。我很想您。我常想跟您聊聊（多聊些新法兰西评论社，尽管我并非喜欢它的全部）。但我迫切希望的是，知道您得到稍许慰藉。我每天握您手二十次！

您的

马塞尔

我欠您很多，沙杜尔纳[1]先生两封令人愉悦的信也归功于您，对此我感激不尽。

1　马克·沙杜尔纳（Marc Chardoune, 1895 — 1975），法国作家、记者、旅行家，康拉德和亨利·詹姆斯的译者，曾做过法国殖民行政长官。他的旅行足迹遍布大洋洲及喀麦隆、美国、中国、俄罗斯、墨西哥。旅行给他的创作带来灵感，第一部带有哲学意味的历险小说《瓦斯科》大获成功。1930 年以小说《疯狂的塞西莉亚》获得费米娜奖。

亲爱的朋友：

　　您热心给我回信我感激不尽。我担心我想说的话在信中少有传达，在我看来唯一值得一书的仍不为人知。您真好，还想着我的烦恼和忧愁。唉，一位年轻朋友的过世叫我悲痛得无以复加。他该是我最爱的朋友，他的离世让我如此伤心。他尽管出身卑微，亦没有任何文化，但他给我写的信似是出自大作家的手笔。这是一个绝顶聪明的青年，我决非为此而欣赏他。曾有很长一段时间，我对此毫无察觉。不过，我比他本人还是稍早察觉到这一点。我在他身上发现了这个优点，但要把他这个人与之联系起来简直不可思议。我惊奇地发现他有此禀赋，不过这并没有让我对他更偏爱。有此发现后，我偶有兴致会告知一二。他还没来得及认识自身价值，甚至还没有形成完整的自我却过世了。这一切又跟我目前可怕的处境搅在一起，我不知道如何担荷这如许的忧愁。也感谢您对德·夏吕斯先生的宽容。我着力刻画迷恋阳刚之气的男同性恋，他不知道，自己是"女人"。我绝不敢断言德·夏吕斯是唯一的同性恋，但他是特别有意思的一位，我觉得，从未有人如此刻画过。如同所有其他的同性恋，他跟其他男人不一样，有些方面会很糟，但其他方面会好得太多。我们会说："人的敏感或神经质个性和感受能力等之间存在一定关系。"我确信德·夏吕斯先生之所以懂许多他弟弟盖尔芒特公爵不懂的东西，而且远比其弟精致、敏锐，这得益于他同性恋特质。自伊始我就突出了这一点。不幸的是此处如同书中各处，我刻意表现得客观，结果把这本书搞得面目极为可憎。在第三卷中，德·夏吕斯先生（他只在此卷出现）占有重要位置，我会展示一些同性恋反对者激烈对抗的场面。读者也可能对他们心目中理想的男子汉以女性化的个性呈现出来不满意。这一卷（德·夏吕斯先生刚巧出现在别处，不在您读过的片段里）我不知道该不该保留《盖尔芒特家那边》这个题名。俄罗斯小说、英国小说，还有法国旧小说都曾用卷一、卷二作为分界，要是某一部分开始于第二卷末尾，结束于

第三卷的开头，不会有人为此感到惊异。各卷都保留原有题名不变！事实上，《盖尔芒特家那边》第一部分开始于《在斯万家那边》，第三卷前三分之一亦开始于《盖尔芒特家那边》。要不要保留这个题名，在注释中对不切题的部分加以说明，抑或给第二卷另找一题名？

对于总题目《追忆似水年华》，盖翁先生的解释着实给我造成了伤害，因为（这也体现了其造成的巨大影响）他不再是批评家、荷兰人或布列东人，再次使用恶语对我发出责难。似乎"逝去的时光"意味着"过去"，因为我第三卷的题名定为《重现的时光》，这就意味着我在追寻某种东西，这一切并非文艺青年的真实回忆。那还有必要自伊始就宣布要到末了我才有的发现吗？我认为没必要，我还认为艺术家没必要一起始就揭示斯万放任德·夏吕斯先生同奥黛特外出游玩，是因为他自中学时就倾情于斯万，知道自己不必为此嫉妒。亲爱的朋友，我太喜欢跟您聊天，以致我有些疲累过度。我跟您道别，再次感谢您，请接受我深挚的敬意。

马塞尔·普鲁斯特

亲爱的朋友：

我对您的感谢长话短说，因为我几乎没有力气，但我的谢意是衷心的。我没有向您寻求援手，原因很简单，他人几乎不可能进入我的房间。我不停地做帮助我呼吸的熏蒸疗法，这让他人难以呼吸。空气沉闷，即使我让房门敞开，蒸汽也散不掉。您可能什么也看不清楚，会感到呼吸困难。而且，我那位可怜朋友的妻子目前也在我这儿。能得您应允写文章谈《地窖》，我深感荣幸和感激。此刻我虽不能写文章但并不感到特别遗憾。我在《费加罗报》唯一的依靠卡尔梅特不在了。即使他在世时，除仅有的一次例外，我从未得机会跟他谈书的出版，机会他总留给别人。有许多朋友我许诺要跟卡尔梅特谈起，结果朋友们都空等一场，因为卡尔梅特总说："我们以后再谈。"结果呢，后来，您知道发生的事了。是的，罗贝尔·德·弗莱尔[1]，我的一位老

1　罗贝尔·德·弗莱尔（Robert de Flers, 1872 — 1927），法国通俗戏剧家，法兰西学院院士，生于诗书世家，曾任《费加罗报》文学版主编，著有游记《东方行纪》，剧作《爱之警戒》《蜀葵》等。

同学，最近得知我的烦恼后，十分热心，想要帮助我。自有新愁剧痛，旧忧就抛在脑后。他肯定会尽其所能促成此事。不过，他在《费加罗报》的权力没有卡尔梅特那么大，我不太清楚此事能否促成。我没有收到《地窖》样书，我的推断是作品仍未问世，因为之前我给新法兰西评论社寄过订单，要求给我预留一本。在《新法兰西评论》上您看不到德·夏吕斯先生，我给你们的节选跟他没有任何关联。不过，这个人物在第二卷还会出现，跟叙事者在巴黎有一次较长时间的谈话，谈话发生在您读过的那一场之后（在巴尔贝克）。在第三卷中德·夏吕斯先生才显示出其重要性。我不知道为何跟您提及第三卷，我甚至不知道第二卷能否出版。这样看来，我后悔把节选给了《新法兰西评论》。自从我那可怜的朋友过世后，格拉塞每天给我送来校样，我连打开其中一包的心劲都没有。这些校样用绳子捆好，压在一起，堆成一堆。我不清楚何时，也不清楚是否还有勇气重新开始这份苦差。我调整了给《新法兰西评论》下一期的节选内容，我猜度这种长度的片段特别欠缺。这是所有我能做的！但之后我就不知道能做什么。请您转告科波，我对他抱有深深的好感，他事业的成功（若是对此崇高而特殊的事业还能用这个被毁掉的词）让我欣悦。相信我，亲爱的纪德，崇拜并感激您的朋友。

马塞尔·普鲁斯特

1914 年 12 月 24 日

亲爱的朋友：

您派人来请我去拉乌尔·杜瓦尔[1]夫人家我万分感谢，没能参加当晚的聚会我感到特别遗憾。不过，您知道我很少起床。再者，我当时以为聚会是在上午。等我再次看请柬时才发现我弄错了。不过，弄错了是有缘由的。数字 21 跟日期完全一致，后面跟着"15 时"字样。亲爱的朋友，我衷心祝愿您在来年文思泉涌、杰作频出。我手头的那点工作也暂停了。按我的理解是印刷商解雇了他的工人；或照别的传闻，说他转而专门印刷拉尔博[2]的作品（我跟您写这些时，勒玛丽耶夫人转来贴有"播种女神"邮票[3]的信，信中要我相信她真的缺工人）。

---

1 费尔南·拉乌尔·杜瓦尔（Fernand Raoul-Duval, 1833 — 1892），生于法国政商望族，曾任法兰西银行董事，煤气公司董事。文中提到的夫人，应为其遗孀昂尼耶特·玛丽·达斯耶（Henriette Marie Dassier, 1840 — 1923）。

2 瓦莱里·拉尔博（Valéry Larbaud, 1881 — 1957），法国作家、诗人和翻译家，生于维希一个大资产者家庭。代表作品有小说《费米娜·马尔克斯》，诗集《A. O. 巴尔纳布斯》，校译《尤利西斯》。

3 "播种女神"为法国邮票的经典造型，最早于 1903 年发行。此类邮票主要有三种版式，分别为"有初升的太阳背景""脚下有地""脚下无地"。图案中"播种女神"的衣服如薄纱般迎风飘动，身形若隐若现，面部和胳膊富有肉感。

几周以来，印刷商再也没给我寄过校样。我让人给勒玛丽耶夫人打电话（我求您不要再提，不然我会很犯难），她只能保证第一版，说很快一切将重启。但我不知道到时候我能否像这段时间一样地工作。我担心又有新的横生枝节……我给拉乌尔·杜瓦尔夫人去过短信致谢并致歉。亲爱的朋友，我很想念居尔韦尔。昨日，我重读拉布吕耶尔[1]，有一句格言，尽管不能（常常相反）视作愉悦的隐射，我发现，"食粮"[2]一词在此被用于法律意义。这个词不仅用复数而且是斜体，就像是引用您的书名，当时我想拉布吕耶尔似在表达仰慕之意。这一发现我感

1　让·德·拉布吕耶尔（Jean de La Bruyère, 1645 – 1696），法国作家、哲学家和道德家，生于巴黎一个中产阶级家庭，主要作品为讽刺性的《品格论》，反映出作者古典主义的文学观点，认为作家的任务在于用明白晓畅的文字表达理性主义的见解，成为古典主义的美学法典。

2　食粮的法文为"Les Nourritures"。纪德的两部散文作品的题目都包含这个词，分别是 *Les Nourritures Terrestres*（《地粮》）和 *Les Nouvelles Nourritures*（《新粮》）。

觉很温馨，如同我跟您致贴面礼。

　　您虔诚的

　　　　马塞尔·普鲁斯特

　　这封信的后半部分要等到 12 月 30 日（开始标注为 24 日是错的，应为 21 日）才写就，因为我收到勒玛丽耶夫人一封新的来信。她没有送来任何校样，却转来印刷商的几封信。这些信要我相信勒玛丽耶夫人心怀好意。

亲爱的朋友：

自从您来过以后，我一直想着您。但一切如旧，毫无变化。每天我都谋划翌日去见您，但得服过药才能出行。两次外出（自您走后仅有的两次）去见您，必须提前接受多次雾化治疗，诸如此类。而一旦真的出来了，时间又太晚，我就不敢去克洛德－洛林大街——我不知道您是否察觉这一切。我神经躁动不安，如同球体的运动，最后归于寂静，但您可能想不到这寂静所包含的跃动与焦虑。第一次（我估计是上周日），伽里玛有部分责任。这位风度翩翩的伽里玛另一次跟我谈到您时曾深深打动了我。就在出发去克洛德－洛林大街时，我进了一家咖啡馆，给他拨了个电话。我要接电话的女士去问今晚能否见纪德先生。这位女士回来告诉我说，纪德先生该是在莫里斯·埃尔贝特先生家里用晚餐。回话的女士明显在巧言误导（后来我反倒为此高兴，因为我在书里写了一个极为类似的女人，与其做派如出一辙。我倒希望用算术中的"弃九验算法"[1]来验证一番）。我估计这是位大画家的名字，却被她改头换面。感觉不受重视，我要求伽里玛本人接电话（我忘了跟他讲莫里斯·埃尔贝特的故事）。他来接了电话，跟我说已经十点差五分了，您睡得早，等等。不过，事后我发现他弄错了，应该是九点三十五分。最后，我明白您是住在朋友家。能到朋友家去见您吗？这会不会太冒失？如果能去，可以谈到几点？您要是告诉我，哪一日我身体好的时候就设法去会您。——亲爱的朋友，我就不跟您谈我的作品了。伽里玛肯定告诉过您，我跟格拉塞通过信；终止跟其合作已造成、仍在造成困难；我很欣喜，总算跟其做了了断，去找我有好感、我所仰慕的那边。我明白没有您，新法兰西评论社跟我就没关联。我知道伽里玛会告诉您一切。我不想专门写封信，如同过去的意大利或罗马尼亚那样，向您郑重宣布废除协议。尽管这一天对我个人值得纪念，但我仍

---

1 又称九余数法。它是依据九余数的特点，用来检验加、减、乘、除四则运算是否正确的一种验算方法。

担心这样会让您觉得装腔作势，滑稽可笑。——我希望您有里维埃的好消息。我把里维埃的高尚举动和苦难生活视为我内心的日常对话。有时我深感意外，竟想不出我能称作朋友的人，至少我这样认为，他的那张脸。即使我没见过他，我感受到对他怀有良好的情谊。——跟格拉塞终止协议前，我反复拒绝伽里玛。从没有一个人能让我找出那么多的理由来打消他的设想，而这一设想我却特别喜欢；也没有任何人如他这般坚定执拗，自寻烦恼，无乐为补。我们所鄙视者的攻讦，我不以烦恼称之，我只会"卧"视不理。有一位不知名的庸俗批评家写了篇文章，有人告诉我，他把苏亚雷斯的文章搬到自己名下。（这该有多虚荣啊！我虽谦逊，但还从未有此遭际，被人剽窃。）我只记得令人敬仰者的指责，记得雅姆把我的作品列为禁书，可能也进不了克洛岱尔的世界。（前者我只见过一次，五分钟；后者，从未见过。我想他们二位的名气让我可以不加"先生"，直呼其名。）亲爱的朋友，我的眼睛太累了，不能再写了。这封信的长度应该

突破了您好耐心的限度。谨向您再次致以我敬仰之
情谊。

马塞尔·普鲁斯特

亲爱的朋友：

　　您可曾有意逗孩子（哪怕是大孩子）开心，我不是说给圣诞袜塞满礼物（这样的季节很少了，我们少有圣诞节那样的雪天，多见的是复活节的晴日）而是给他寄一个巨型、神奇的复活节彩蛋。您写下的那些篇章精彩异常，里维埃给我寄来其中的"精华"。我本想等，不说痊愈（言下之意即死亡），至少等天冷导致的骇人感冒发烧退了之后来读。我觉得这份礼物如此精美，如此特别，我把它留在身边，如同我五岁时得到极其宝贵的东西，只想看着它以得到时的完美状态而存在。让我决心不再循规蹈矩的是威尼斯。我抵达威尼斯时处于痛苦中，因此没有任何印象。但威尼斯并非没有在我身上留下印记，每当忆起，我仍能品味到绵延的快乐。

　　亲爱的朋友，每一句对我来说都是惊喜。我虚荣心不强，这么多的赞美破坏了我的批判精神。倘若偶尔的纯粹于您算作贫乏，那穷人真幸福！因贫乏而得到世间的宝藏。文章一开篇，自有马莱伯[1]以来所未见之气势！

我希望大家将我遗忘，若是……，等等。除您所拥有其他的一切之外，对您友情的幻想带给我欢欣的一面，您在我双亲的日常漫步中注入诗情画意，在打开花束时呈现何等清新的幸福，为我所从未体验。每读一行，我暗想："不可能还有对我而言迷人的东西。"但下一行，您如同魔法师给我带来新的礼物。其形式何等优美、何等精妙、何等自然，为我所知之最！

亲爱的朋友，我已无力写一封长信（您的短笺于我远非复活节彩蛋所能比，它实乃复活节本

---

1 弗朗斯瓦·德·马莱伯（François de Malherbe, 1555 — 1628），法国宫廷诗人，生于法国冈城，古典文学先驱。他受历史重视，不仅因为写诗，还因为他自有一套关于语言、诗歌艺术、诗歌功能的理论。比如，他要求"纯化语言"，诗歌要韵脚严整，力求艺术形式的完美。他认为"纯粹法语"应以平民的语言为源泉，以宫廷语言为标准，即将平民语言经宫廷提炼再通用于全国；认为作家在保持"纯粹法语"的同时，还必须注意语言的明晰和准确。他发表过《圣彼得的眼泪》《颂国王攻占马赛》《欢迎王后光临法兰西》等颂诗。

身："玛利亚，请告诉我，路上你见了什么。[1] 玛德莱娜以为是园丁托马斯（我的医生），她执意要怀疑、否认。我双脚被钉能迫使托马斯相信神迹吗？"

加斯东和雅克·里维埃应跟您提过，最近一段时间我在搜求您那篇关于波德莱尔的序言，而我对波德莱尔并不了解。任何时候，这篇序言对我都极为珍贵，显然这是一篇关于波德莱尔最好的文字。这里还有一个特别的缘由。他们为下一期杂志跟我约一篇"波德莱尔"的稿子。发烧时除了结合庸常的背景草草（我想到您在致安日尔中令人钦慕的"告知"，它如此精妙，如此优美）对比诗句，做不了其他事。您的序言对我帮助何其之大！伽里玛、里维埃两人无疑都没您这篇大作，我多次求他们给我，但我并没有收到它。说到波德莱尔，您读过莱昂·都德[2] 两篇关于他的文章吗？我没有机会引用这两篇文章，也不会引用任何人的文字，既然谈

1　此句原为拉丁文 "Dic nobis Maria quid vidisti de via"，为复活节当天《复活节赞歌》中常唱的一句歌词。

2　莱昂·都德（Léon Daudet, 1867 — 1942），法国作家、记者、政治家，《法兰西行动报》最主要的创办人及撰稿人之一。

不了您的这篇序言。但这两篇文章还是值得您去读的。在今晨（周六）《法兰西行动报》上，他又写了篇文章谈荷兰画家，但比不上那两篇谈波德莱尔的，不过还是不错的。请相信，我亲爱的朋友，我的仰慕之情及满怀感激之谊。您的短笺远比我的作品更能助我重现逝去的时光。

马塞尔·普鲁斯特

亲爱的朋友：

我收到了您的大作，却发现您没收到我的去信。我开始怀疑是不是只有那封致谢您《地粮》的信没有收到。为此，要是知道您没有回复的缘由，有些请求我犹豫要不要再提出来；——要是您不予理视，抑或我默不作声，可能因为我的过错而造成不可避免的长久误会，我犹豫是不是不再提这些请求。比如，您坚持以"我亲爱的普鲁斯特"，从未（我也不敢请您仅以名字相称）以"亲爱的朋友"称呼我。当然，要是您觉得朋友一词有些超出您的情感，您也理直气壮。——还是回来谈谈这本小册巨作。您肯定以为，我收到《地粮》后，要不立即致谢，至多一个星期就会向您致谢。《地粮》这部作品已经给一代人以食粮，许多后来人还会靠此吸收营养。大作家，特别是您，如同一粒种子，首先给自身提供养分，并以此营养他人，这是植物存续和人类心性中最触动我的事情之一。这样的养分供给，如同胚芽发自胚乳，从大地和生命中吸收养分，然后生根发芽，养活民众。我最喜欢以这一认识定位作家，您最适合这一定位，程度之高，无与伦比。还有，您可能一直没意识到这部作品最隐秘的美。您对内容了如指掌，却听不到它的腔调。这部作品之新颖首先在于其腔调——新，必须是可持续的，因为艺术之新颖不在于时序。若把作品抛到一边等上几年，其新颖处更能抓住您！我并不想贬低以前我敬仰的那位作家，他在《普罗透斯》中刻画了"美人海伦"形象，她更高傲，更书卷气，但跟神话中的海伦一样脆弱。跟您《地粮》的腔调作比，我不知道该怎样称呼克洛岱尔刻意为之的散文诗。您会留存下来因为您不仅自主吸收营养，还供给他人。亲爱的朋友，跟我们同时代有些人的流行看法相反，我认为对文学可以高看一眼，可以纯真一笑。所以我要是告诉您我的女仆，看似无知（我最近教她波拿巴和拿破仑是同一个人；我连给她教些拼写都没能成功，她哪怕读半页我的作品都没有耐心），却拥有非凡的禀赋。不久前（因为当时我眼睛很疼，一直没戴眼镜）曾给我高声朗读《地粮》片段，我相信您不会生气。从第二天起，她跟我讲不愉快或讽刺性的话语时，用一种来自《地粮》的腔调，我不用"模仿"一词，因为在我看来"模仿"是文学的形式，她是不可能做到的，但最终证明她曾深受影响。于是，所有她认识的人物一一出现。我要是想见苏佐公主[1]，让塞莱斯特[2]给她拨电话，塞莱斯特这样对我说："纳塔奈尔，我跟你谈谈先生的女性友人。多年以后，其中一位女友让他立即出门，租车奔向丽兹酒店，制服门迎，小费，疲累。"如果有人按门铃："纳塔奈尔，我给你讲讲先生的朋友。"一些很逗趣的事，不过我不想再讲免得烦您。我希望您听这些幼稚的趣事时不以为忤，告诉您这一切丝毫不减我对这部杰作的敬意。苏佐公主给我写信时不失敬意，调侃随意（说的是我仍不能出现）："塞莱

1　艾莲娜·苏佐公主（Hélène Soutzo, 1879－1975），父亲是希腊银行家，她的第一任丈夫是德米特里·苏佐王子。一战后，她的沙龙设于巴黎的丽兹饭店，颇能吸引普鲁斯特，是他最后一个献殷勤的女性，后来，她嫁给了普鲁斯特的好友保罗·莫朗。

2　塞莱斯特·阿尔巴雷（Céleste Albaret, 1891－1984），普鲁斯特忠实的女管家。1913年起，塞莱斯特主管普鲁斯特的家务。她是一位漂亮端庄的少妇，与普鲁斯特的司机奥迪隆·阿尔巴雷结婚，身兼秘书、信使、女管家、贴身仆人、护士和厨师，服侍普鲁斯特直到他去世。

斯特该温习《地粮》了，不能再说：我了解这位夫人，等等。"——我想找回一本我的旧作，整部作品几乎是我还在念中学时完成的，接近1893年印刷出版。作品中有零星的句子（如用绿色洞窟描写树荫），可惜只有一句跟《地粮》的句子稍显类似。毫无疑义，我不认为智识世界和三角世界是一回事，两位才智人士从同一角度或同一方向看问题，他们不必相同而可以相似。我相信偶尔能寻到些许安慰，甚至可能建立朋友关系，跟您保持这层关系令我深感愉悦。您要是来巴黎，只需告诉我一声，只要身体允许，我会设法安排来见您或跟您共进晚餐。亲爱的朋友，我不知道是否跟您讲过您的一次来访对我的意义。当时，您突然露出似笑非笑的表情，我察觉到您脸上（要是没有这表情我很喜欢这张脸）有一个词在桌布上漫延。它空无意义，至少从字面上和客观可感性上来看，这个词叫德美。我于是更明白画家德尼[1]评价您的一句话，而他余下的一切文字我全不满意。我眼睛太过疲累不能继续跟您这样闲聊，您可能早就把我撂一边对空说话，不再听我……我希望可以对自己说我遵从了您的嘱咐，它深具德尔斐神谕[2]（我想说：我在作品中遵从，您肯定以为我没谈我的信件！）之美："别人能写得跟你一样好，就不要写。"唉，我感觉太久没有遵从这一嘱咐。不过，这席话对您是夸赞，对其他人则是教诲。

感激您的

马塞尔·普鲁斯特

———————

1　摩里斯·德尼（Maurice Denis, 1870 — 1943），法国纳比派画家、艺术史家及理论家，擅长装饰画。他曾说："记住：一幅画，在成为一匹战马、一个裸女或某个小故事之前，主要是一个布满着按一定秩序组合的颜色的平面。"这句话被认为是"现代艺术"最早的定义之一，意味着绘画从模仿再现向符号呈现的发展。代表作有《坟墓边的圣女》《复活节的早晨》《春景中的人物》等。

2　德尔斐（Delphes）是希腊的一个小村落，古希腊祭祀太阳神阿波罗的地方。公元前七到四世纪，德尔斐发布的"神谕"（Oracle）在希腊世界享有巨大声誉。"德尔斐神谕"的传达者是叫帕提亚（Pythia）的女祭司。据说在问神之前，帕提亚需与求神谕者先到卡斯提利亚泉沐浴，然后帕提亚要饮卡索提斯圣泉的水，入神殿地下室，坐在一青铜三脚祭坛上，嘴里咀月桂之叶，在精神恍惚中宣示神谕，并由众祭司以短诗加以解释与记录。

亲爱的朋友：

您的来信令我很感动，同时亦令我感伤，因为您当我轻率冒失。不过我仍深感愉悦，按我的理解，您得到了幸福。这一幸福，我求您不要跟我透露，哪怕部分透露也不要（目前我对您的一切决不去猜度），既然您对我没有绝对的信任。拉布吕耶尔讲得很好："任何信任，倘若不是完全的，那是危险的；必须和盘托出或者全部隐瞒，这样的情形很少。对于我们认为应该向其遮掩某一情况的人，我们已经把自己的秘密过多地告诉他了。"我要补充说的是我并非好奇之人，即使以这个词的完全意义解释。只有一种情形，即我可以直接帮到朋友，牵涉其情感或自尊时，他对我避而不谈其秘密，我会感到遗憾。我大概经常跟您提起，我对自己显得异常笨拙，总是错失自己想要的东西；我对别人却特别聪敏，因为我融两种品质于一身而这通常难以聚于一人：一方面有某种洞察力，另一方面则完全缺乏自尊，不会欺骗朋友。在争斗中我应是中间人或见证人，我对自身这一使命认识不清。不过，这是对那些自身事一无所成而助人成功者的补偿。至于您归咎于我的缺点——这跟我本来的品性相反！——轻率冒失，您的错误认识可能源于此事：您最近一次来访时，我想起您作品中的一页（我觉得是《伊莎贝尔》），您谈到您喜欢雅姆[1]是因为他讲故事的方式。出于好胜心，我也讲了几个故事或者我想讲几个故事。这些故事跟我不太熟识的人有关，我可能跟他们曾共进过一次晚餐，但再没有彼此见过。转述他们席间毫无私密性的话语，我并不称之为轻率冒失。——唉，我曾碰到朋友的一些私密事传到我这里，他们本来是交心给他们认为稳妥可靠的人，结果这个人又告诉了另一个人，秘事就这样传播开来。而我，恰恰是不会这样做的人。对无关紧要的人，我的评价较为严厉，但对于朋友（三年以来，我一直当您是我的朋友），我绝不可能口出

---

1 弗朗西斯·雅姆（Francis Jammes, 1868－1938），法国诗人、小说家、文学批评家。他笃信宗教，热爱自然。他的诗把神秘和现实混合在一起，大都写得质朴，很少有绚丽的辞藻。作品有《早祷和晚祷》《裸体的少女》《诗人与鸟》《基督教的农事诗》等。

此言。亲爱的朋友，要是为了证明我说服了您，您跟我交心说点什么，我会感到绝望，我反而会为此而痛苦。而您，如果您感到幸福，全力守住您一个人的幸福。简单交心，幸福会有损耗。分享幸福，幸福不会翻倍，这跟雨果谈母爱的情形相反。总之，我求您什么都不要跟我讲。——我想您经过巴黎时我不会去见您。原因如下：这段时间我病情发作，在深夜一点之前几乎从未结束。比如，上次您见我的那个时刻，任何人都不可能进到我家。一位做过手术的病人让我感到疲累，我必须遵守医生给他安排的时间去探视，而我自身的病情却如钟摆般定时发作。我想将来会有好转（而且有些日子——但很罕见——相对缓解），在我一直没有收到新法兰西评论社寄来校样的日子更希望如此。等校样终于到了，我能"加把劲"。您千万不要责怪新法兰西评论社这次的迟滞，因为印刷商一度弄丢了一卷。在新法兰西评论社，没人知道是谁寄出的，等等。我已经抱怨此事了，我本不该再来抱怨。您要是在我的怨言上再加指责，我会感到极为不快。印刷商已经承诺加快速度，这样的指责更是于事无补。

——亲爱的朋友，您会给我大大的惊喜，您告诉我您期待我的作品带给您小惊喜。您只想在印好之后读它，或者至少我告诉您校样达到了不会再有大的改动的程度。目前，您得到的信息是完全错误的。再者，这些未完成的校样也仅是一卷的开头。尽管我有很多理由不这样做，我还是要把整部作品同时出版，以便读者能从整体上对我做出评判。单独阅读一百页，即使这一部分已经定型（实际上远非如此！），这违背了我付出巨大心血的初衷。要是您高兴——我的作品不值得这样做——见证我作品的成型过程，待您见到付印的成品时，我巴不得交您一阅校样。我求您在付印之后，而不是在此之前看校样。当然，如果有某个片段能勾起您的兴趣，待校样誊清，我乐意转给您看。我等待的那些校样丝毫没有能让您逗乐的成分，只有在整部作品中才有意义。原谅我跟您谈了这么多我的健康和作品，然而这两者无足轻重。尽管我特别期待您"路过"巴黎时见到您，但我想让您知道万一不凑巧不能见您，这并非因为我没有见您的强烈意愿。要是我稍微推迟一点交给您我的作品，恰恰是因为您的感受对我特别珍贵。它会出版吗？一个多月间，印刷商先说是没有工人，后来又说是把第一卷全部寄给我了，所以没有寄校样……新法兰西评论社对此知之甚少，需要等我提醒才想起我没拿到其中一盒的校样，它占到该卷三分之一多！最后，我只能一盒一盒地寄出，但我可没有备份。该不会在路上寄丢了吧？这一切，我给新法兰西评论社，比如勒玛丽耶夫人，讲过、写过信、打过电话，在此无须赘述。勒玛丽耶夫人态度恳切，我们没有分歧。尽管我爱新法兰西评论社胜过所有其他出版社，但有段时间我很想离开这家出版社（新法兰西评论社），去另一家不太知名的，在那里至少我的想法能够确保得到传达，因为得到尊重是我最大的荣耀。我相信最近一两天会收到不少校样。以我目前的身体状况，不能浪费太多的时间。更何况我的手稿极难辨认，而且第一批校样跟之前能读到的文字完全没有关联，要是我走了，任何人都理不清。再见，亲爱的朋友，我跟您讲的全是我，而我心里想的却全是您。

您的崇拜者，您的朋友

马塞尔·普鲁斯特

亲爱的朋友：

（您很清楚）这大概是我人生中一大幸事，但可谓痛苦的幸事，因为我难得哪天下午起床活动，如今，我起来了。而这天，竟然没有听到您的音讯！

亲爱的朋友，您的来信让我极为欣喜，因为这么久以来您杳无音讯，我不由得猜想，以为您刻意、决然地远离我的生活。我过慢节奏生活惯了，说起一位朋友时，自然说："哦！他呀，真巧，我最近才见过他！"而当人家问我是什么时候，算起来那竟是一个如此遥远的日子，以致那些时间概念与我迥然不同的人听了哈哈大笑。尽管如此，我的思绪总在您身上，觉得您跟我见面的间隔变得很长。诚然，在离群索居的生活中，精神上也好，现实中也罢，我已习惯于什么都不爱。而我和您的友谊却牢不可破，长久地无法联系到您甚至冲淡、疏远、削弱了我对您的情谊。不过，倘若过去曾有几分情谊在，便会感到甜蜜。尽管我一无所知，但我猜想您的生活中有些事和我的一样，在您的生命里无限温馨，而在我这里却残忍得要命。然而，机缘难得，"犹如一个残忍的天使鞭打着太阳"[1]，您之于我就像是四年一次的朝圣客、难得一见的乐善好施者，经年累月地隐身匿迹。这些日子里，因印刷商怠惰，我得以有闲暇可以见人；而未来的一天，一旦难以克服的困难一齐涌现，我无法赴约时，您现身了。我要说，尽管如此，我仍会克服这重重困难。最近某个傍晚，我会到拉库尔大街来（但您有可能出门了），除非您更乐意来舍下，在我的病榻前（或丽兹酒店："无聊沙漠间的恐怖绿洲"[2]）共进晚餐。这会很晚，因为我现在睡得迟。值守的出租车，司机是我家女仆的姐夫，会送您回拉库尔大街。让这次见面难上加难的还有，我住的房子刚刚出售给一个银行家，他要将房子改成银行，所以，我就被扫地出门。然而，一个哮喘病人虽不知道他能活多久，但几乎可以肯定的是新的住所会令他感到窒息。我的心脏（身体上的）再也经受不起病痛发作，即使病

1　出自波德莱尔诗集《恶之花》中《旅行》组诗，第二首。
2　同上，第七首。

痛本身不厉害。不管怎样，我过去是一个极度热爱生命的人，如今我明白死亡是我们唯一的希望，它给了我们走到暮年的勇气。如果，至少在搬家前，在寻找住处而无着落前，在种种烦恼前，死亡没有降临，与之相比，那些病痛都不值得一提。亲爱的朋友，勒玛丽耶夫人托我向您说件事。我不在此谈论她，因为这封信已经太长，超出了我的体力所限。我和她的关系一直不是太融洽，我非常后悔——其实是应她的请求——跟她直截了当地讲过我的想法，因为她生着病，我不该说那些话。然而从那以后我没有再见到她，但对她一直深表同情，心存诚挚的感激，她为我付出了巨大的辛劳：遗憾的是，结果却不理想。不管怎样，这是您和我之间的秘密，无法在此细言。以下便是她委托我向您转达的事。她告诉我，她常常去见您，想请您去一下她家，因为她想就我打算出精装版图书的设计问题征求您的意见（我得到加斯东·伽利玛的授权）。书的其他样本已由珍本收藏家公司预订，就照新法兰西评论社一贯出版的样本印。为使这些精装本与众不同，她非常赞同在其中一部分上添加相当数量的手稿或校样（加斯东也同意，我想这也能让我赚一点钱）；对于另一部分，附印一张布朗什[1]为我画的肖像。但是她想知道您的意见，您觉得怎么样效果最好。毋庸讳言，这件事我是不敢请求您的，只是向您转述她的请求。诚然，除了您不凡的品味，还因为您的一张肖像曾刊印在大作《梵蒂冈的地窖》的卷首，所以在如何复制布朗什的肖像画方面您可以给夫人一些建议（我还没有征得布朗什的允许，但是他肯定会同意的；另外，这幅肖像画的仿版在布劳恩出售）。

长久以来，塞特[2]都想帮我做点什么，画肖像（我无力再为其摆姿势了）或是在我的软木墙上装幻影灯，我甚至动念想请他来做一些更为简单的事情：在他愿意加插图的书的首页画一幅素描。然而，尽管我非常希望为稀有图书的爱好者们献上多

1　雅克－埃米尔·布朗什（Jacques-Emile Blanche, 1861－1942），法国画家、雕刻家和作家。曾为纪德、普鲁斯特、科克托等好几位作家画像。

2　荷西·马利亚·塞特（José María Sert, 1874－1945），西班牙画家、摄影家。他的妻子米希亚（Misia）是当时巴黎艺术圈的缪斯、时尚圈的宠儿，被誉为"巴黎王后"。

种版本，但最终我想还是要放弃这一想法的，因为在原创画作（我确实不能请求塞尔在多个样本上作画）和没有价值的复制品之间，还没有找到什么折中的方式。不管怎样，由于勒玛丽耶夫人不想找我曾经推荐给她的那几位专家，她觉得能劳动您的大驾（另外，她也有理由相信您在这方面比所有专家都更在行，并且十分钦佩您卓绝的鉴赏力），出于谨慎，我没有同意她的请求，而仅仅是将这请求转达给您。您尤其要注意，她会无缘无故地建议您等加斯东归来（他的归期总是拖延）。就这样，她将新法兰西评论社变成了一个小阅览室，《在斯万家那边》（我举个例子）在十四个人手中相互传阅。要是有人告诉我说这书已经售罄，连所有出借的书亦被买走，这一点远远出乎我的意料。如果能早些重印，这不仅对我，对新法兰西评论社也是一大幸事。《在少女花影下》的出版将会带着一点遗憾，因为其中有些部分甚至都还没来得及校对，但是，必须得完成了。我觉得《什锦》会让您见笑，我希望能够出版的（只有在我活着的时候才有可能出版，因为我的手稿几乎很难辨认，而且我连一份校样还没有）是最后的几卷，因为我多么希望您能读到啊！《斯万》《在少女花影下》等与之相比都太单薄了。无论如何，即使大家帮我联系好印刷商，这后几卷的出版也只能稍晚一些了。这样也好，不至于给读者一份难以消化的食物。不过，要是我们更努力些，一个月后，《在少女花影下》《什锦与杂记》以及《斯万》的再版会同时面世，还没有读过《斯万》的就可以买这本书的同时也买到《追忆似水年华》第二卷《在少女花影下》了。这也正是我们曾和勒玛丽耶夫人商议过的。（请不要和她说起我和她之间曾经的不快，因为她的盛情早让我将不快抛到了脑后。）

亲爱的朋友，向您滔滔不绝地讲了这么多我的事，那么现在该您了，我一直想念的人。我觉得自己真是够了，总是不厌其烦地絮叨自己。顿笔之际，聊表我对您无比的思念、深切的情意和无限的钦慕。

马塞尔·普鲁斯特

请原谅我这几页弄破了，很抱歉，您可能得注意一下页码。

亲爱的朋友：

我深深地感动于您心思的细密，您的来信给了我莫大的慰藉，也赋予了这个词曾经对于我的意义，我再一次享受着这份喜悦，或者至少痛苦已被抚平。您跟我说，如果我能想象您见到我时的愉悦（您这么说真是太客气、太仁慈了）……您应该能想象我见到您，跟您交流时的巨大快乐。我之所以没有极力争取去见您，是因为当时处在不可能的实在困境里。我曾七个月卧床不起，对此无须赘言。确实，这期间偶有朋友来病床前看我，一个月一次吧。我见过的，也并非全是我最好的朋友，他们只是碰巧路过，只待几个小时。我知道电话或者其他方式也能联系到他们。然而，您的来信（这是一种令人愉悦的友善，在此我认为自己发现了您魅力中更为高贵的东西）将您与他们区隔，您甚至没有告诉我您的时间，也没有流露出丝毫想要和我见面的迹象，甚至连您的地址在信中都没有写。可以设想，假如某天晚上，我身体好了些，我都不知道该把给您的电话打往何处。上一次我见您——这些如此难得而又如此美好的见面是我倍感煎熬与空虚的日子里的小插曲，对我而言有着莫大的意义——您当时打算搬家。搬去哪里呢？您什么也没跟我说。至于说到"纠缠"，这是一个残忍的词，因为它似乎表示我对因糟糕的身体我所失去的一无所知。我和您是同时代的人，除了难忘而又如此遥远的某些眼神、某些微笑、某些话语，我只能从您的书中了解您。这已经够多。然而，这还不够，因为这并非您的全部。（说到这里，如同我们把友好的真话归于柏拉图，我觉得您对王尔德说话的语气比较轻蔑，尽管我对他也不怎么欣赏，但我无法理解对一个可怜人说话时何以用这种嫌恶和生硬的语气。）

　　亲爱的朋友，我只能靠打针的效力支撑着给您写信，针剂的作用一去（我不敢向我的打字员口授信稿了），我就没有力气跟您谈这封信的主题了。它是关于库尔提乌斯[1]先生的信。他所言及致我的谢忱，恰恰就是他给您的信中所写，当然他这样做无可厚非。这谢意着实让我激动和喜悦（被您好意誊出来转给我，这出乎意料的关怀让我受宠若惊，再加上他的一番好意，实在未曾料到！）。不过，让我感到羞愧的是，他竟然觉得我的回信让人满意。我写信没有告诉他任何我的想法（我打算写信告诉他），我当时身体不适。写出这些蠢话对我来说是一种折磨，不知道什么时候能向他致谢，那就暂且把蠢话寄给他吧。在这点上，他对我评价不错。他揣度，进而理解。他如此宽容与和善！

　　向您致以深切的情意

马塞尔·普鲁斯特

1　恩斯特·罗伯特·库尔提乌斯（Ernst Robert Curtius, 1886 — 1956），德国哲学家、中世纪研究专家和文学批评家，与新法兰西评论社的作家交往甚密，曾请人第一次将《追忆似水年华》翻译成德语。

亲爱的朋友：

我身心刚刚遭受了几个小时的痛苦折磨。六点，我正准备入睡时，有人按铃，给我送过来您支持的候选人的短笺，他也是我支持的候选人。我本想立即穿起衣服，但是却无法按时赶到。再说，今天还只是提名候选人。不管怎样，近日来，我给 B 夫人写了很多信，她知道加布里 [1] 先生是我支持的候选人，他申请其中一个奖项，而另一个奖项（波朗 [2] 超过限定年龄两岁），我支持本雅明·凯米尤 [3] 先生。我曾请求布鲁芒达尔 [4] 夫人向您打听我支持的候选人（加布里）的所有补充信息。我将亲口向您解

1　乔治·加布里（Georges Gabory, 1889 — 1978），法国诗人、小说家、散文家，他与法国当时文坛的大作家熟识，如普鲁斯特、纪德、阿波利奈尔等，发表过《论纪德》《论普鲁斯特》等作品。

2　让·波朗（Jean Paulhan, 1884 — 1968），法国作家、批评家、出版人，曾长期主持《新法兰西评论》。

3　本雅明·凯米尤（Benjamin Crémieux, 1888 — 1944），法国犹太裔批评家、小说家、学者。他的第一部自传体小说《班上第一名》获得布鲁芒达尔（Blumenthal）文学奖。在《新法兰西评论》发表关于普鲁斯特的研究。抵抗运动中被捕，后死于集中营。

4　弗洛伦斯·布鲁芒达尔（Florence Blumenthal, 1873 — 1930），美国慈善家，1919 年与其德国银行家丈夫乔治·布鲁芒达尔创立布鲁芒达尔美国基金会，发现和奖励法国青年艺术家。

释我为什么要这样说（为加布里先生着想）。不过，我没有请她争取您支持凯米尤先生角逐另一奖项，因为您早前让人告诉我您得投热纳瓦[1]先生的票。（我的话语组织得不好，当然，意思不是说我已经把这告诉了布鲁芒达尔夫人，我完全没必要跟她透露您的另一选票。）我这句话想说的是，因为您曾向我家女仆说过，个人而言，您得投票支持热纳瓦先生，我不想在凯米尤的事上对您施加影响。此外，凯米尤曾让人向我透露（我对此毫不知情）他在评委会中已有几票支持。我希望加布里和他在我们投票的那天能成功。我肯定会被召集投票，不过，为了早作准备，麻烦您今天给我发一份气压传送邮件，告诉我哪天投票（或者让加布里先生寄给我）。请替我谢谢他的短笺，并告诉他布鲁芒达尔夫人知道

1　莫里斯·热纳瓦（Maurice Genevoix, 1890 – 1980），法国著名诗人、小说家，以乡土文学和战争文学著名。他一生著有五十多部作品，小说《拉博利奥》（Raboliot）获得1925年的龚古尔文学大奖。1950年起担任法兰西学院终身秘书。他去世后，法兰西学院设立"莫里斯·热纳瓦文学奖"来纪念他。

我将铁定投他的票。

您诚挚的

马塞尔·普鲁斯特

亲爱的普鲁斯特:

您今天早上的来信让我激动万分——我读到了您内心的无比纤细与敏感。唉!太迟了!昨天晚上我已经告诉了可怜的小加布里他落选的悲伤消息。我们几个人也打算竭力帮助他——因为他没有任何收入,而且还要(部分地)赡养父亲和残疾的母亲。这是一个出众的人,心智慧敏、求知若渴(我知道,这样的求知欲可以造就真正的小说家)。在所有的"年轻人"中,我有幸与其接触,这无疑是最有天赋的人之一。昨天,即使没有给他投票的人都对他那出色的诗才肃然起敬。反对他的理由之一甚至是:"既然有如此天赋,就该一直脱身俗务!"(原句)在此期间,如果我们不帮他,他可能都会没饭吃了。

穆尔菲尔德[1]夫人和德·诺阿伊[2]夫人起初给我吃的定心丸让我觉得他稳操胜券。德·诺阿伊夫人曾向我承诺一定会投他的票(条件是我投票给热纳瓦),她却在最后一刻改变了主意。凯米尤在最后关头耍手腕、费尽心机，写信并且也让蒂博代写信给柏格森。我遵守我的承诺，投票给了她的候选人，而我的候选人却被牺牲掉了。当然，我对凯米尤也有很多的好感。您知道，我们出版他的作品，杂志也倾力支持他。但他比加布里生活宽裕，他有每月一千法郎的固定薪水，此外，他的文章也给他带来收入。而另一个却什么也没有，他的才华甚至很难给他带来经济收入。大家丝毫没有重视您的信，甚至无人提及，——大家以为我不知道信的存在，出于对您的保护，我觉得我不应提及您的信件。

我知道您会和我一样难过，很抱歉给您写这些——然而，我却必须告诉您。——致以亲切的问

---

1 让娜·梅耶·穆勒菲尔德（Jeanne Meyer Muhlfeld, 1875 – 1953），小说家及批评家吕西安·穆勒菲尔德（Lucien Muhlfeld）的妻子。在二十年代，她巴黎家中的文学沙龙，门庭若市，接待了法国当时几乎所有最知名的作家。她赢得了"巴黎女皇""美人鱼""美海狮"及"巫婆"的称号。

2 安娜·德·诺阿伊（Anna de Noailles, 1876 – 1933），祖籍罗马尼亚，法国女诗人、小说家，费米娜奖的创立者。二十世纪初，她在巴黎的沙龙成为法国精英知识分子、文学家、艺术家的聚集地。她本人是普鲁斯特所组织的聚会的常客。

候，我毫不怀疑您的一片同情之心，祝一切安好！

安德烈·纪德

亲爱的纪德：

您的来信让我陷入了深深的忧郁，我作出努力想推迟这令人伤心的对话（我的上一封信已向您表明了对话的必要性），并且，如果您——或者加布里先生——不太疲累能写信的话，我竭力想知道自己是否理解对了。有两个奖项，其中一个奖项，我是加布里先生的投票人，而对于另一奖项，我投给本雅明·凯米尤。（布鲁芒达尔夫人曾写信告诉我，波朗由于年龄原因不能参选。我绝无半点儿指责布鲁芒达尔夫人的意思。她跟我拒绝波朗无可指摘，而且她也深感抱歉。）既然这不是同一奖项，那凯米尤的成功又怎么会阻碍加布里获选呢？我仍然希望事情和发生在里维埃身上的一样，您记得吧，我们曾为他获奖而投票。而第二个奖项被推迟到之后的一次会议，我都没有去参加。实话说，这一次，我认为情况不一样，因为布鲁芒达尔夫人曾对沃尔特·贝里[1]（难道他理解错了？）说这次不给任何人投票，只是提名候选人。即便如此，B 夫人知道（并且我相信她告诉了您这一点）我明确支持加布里。唉，如果我早能预知这一切就好了！我前一天竟去参加了个晚会（碰巧就去了这一次）！跟您解释这一桩桩让您牵挂的事情，我有些累了。不过，要是我的投票能够让结果有所改变（我不知道加布里得了多少票），我就会以应有的恭敬而感激的方式询问布鲁芒达尔夫人，要是我的投票没有被统计（而它本该被统计的），能否再组织一次投票。您只跟我讲了凯米尤的情况，这只涉及一个奖项。那另一个呢？

难过地问候您

马塞尔·普鲁斯特

1　瓦尔特·贝里（Walter Berry, 1859 — 1927），美国法学家、外交官，1916 年夏同普鲁斯特相识，成为其生命晚期难得的密友。

亲爱的纪德：

我的运气真不好，身体刚好了些，我又因风湿感冒而发烧。真不舒服。

我们的交流，即使是以信件的方式，也差点由于您的一句我没有正确理解的话戛然而止。您告诉我，您的第一封信带着些怒气。由于您没有说明是生谁的气，我便暗想："是生我的气吗？"但自觉我对您和对加布里的所作所为问心无愧，且满怀热忱。只有一点：就是担心在敌视他的狂徒面前谈论他，会对他不利。（如果我早知道他在评委会中的地位这么不稳，我就该孤注一掷。但是您之前跟塞莱斯特说过所有人都会支持他，再者，又有人告诉我不在那天投票。）我和您一样无比愤怒，绝非激动，绝非生气而已。我曾想要终止对话，因为我被如此忽视。不过，随后我明白生气于事无补，我就又重新开始了联络。此刻我还不能请求布鲁芒达尔夫人帮助加布里，原因我随后告诉您。然而，在小范围内，我也可以这么做。我唯一的要求，是不搞联署，而是不定期地直接签名，在我和加布里之间不要有任何中间人（当然，除了您，如果您乐意的话）。至于要求重新投票，即使这得到同意，似乎也无济于事，因为您告诉过我他得的票数。亲爱的纪德，不能细读《扫罗》[1] 真是太遗憾了。我曾专注地——带着极大的赞赏——拜读《安东尼和克莱奥巴特拉》[2]。您并不孤独，尽管目前的确如此。我非常喜爱乔纳森 [3]。

我不明白伽利玛为什么还没给我寄来您要的签名书，他自己和其他人的也没寄来。

您知道库尔提乌斯的地址吗？我想给他寄一本我的书，不知该称呼"先生"还是"教授"，或者其他？

您知道姓肖勒内（Chaulnes）这人的名吗？在

---

1 纪德的一部剧本，以首任犹太国王扫罗为作品名。

2 莎士比亚的第五大悲剧，描写古罗马大将安东尼和古埃及女王克莱奥巴特拉既热烈深沉而又受到政治军事风云变幻摆布的爱情。

3 乔纳森·斯威夫特（Jonathan Swift, 1667 — 1745），英国作家、政论家，讽刺文学大师，以《格列佛游记》和《一只桶的故事》等作品闻名于世。

我送您的孟德斯鸠[1]的那本书里，他把孟德斯鸠介绍给马拉美。

　　　　爱戴您的崇拜者

　　　　　　马塞尔·普鲁斯特

---

[1] 罗贝尔·德·孟德斯鸠（Robert de Montesquiou, 1855 — 1921），法国诗人、批评家、丹第（dandy，即追求品位的公子哥儿），他可能充当过于斯曼的长篇小说《逆流》中德赛森特的原型，在《追忆似水年华》的夏吕斯男爵身上也有他的影子。

塞莱斯特[1]的便笺

星期四

纪德先生要是乐意来普鲁斯特先生病榻前待上片刻，普鲁斯特先生一定早就派人去接他。普鲁斯特先生会非常开心接待他，会派出租车接他来，送他走。

1　参看第 44 页注 2。

安德烈·纪德

关于马塞尔·普鲁斯特

给安日尔的信笺

人们常说，我们对同代人的评价有失偏颇。为友情所迫，又缺少必要的时空距离，凭一时意气，我们过度贬低或赞美身边付出辛劳的人。有些人看起来出类拔萃，得益于批评界的助力而声名远扬，乃至在外国人眼中，也似乎给法兰西增添了一种新的荣光。但这些人很快又变得无足轻重，令人错愕。如果说，过去两代人后，居雷尔、伯恩斯坦、巴塔耶，这些人的名字所受重视的程度要远远超过今天的孟代斯，我希望人们忘掉我……我曾立誓只谈论逝去的作家，然而这样我会感到遗憾，在我的文字中没有留下任何我对一位当代作家所怀有的最高景仰——如果没有保尔·瓦莱里，我无疑会用单数"最高的"。承上所言，我认为我没有过分高估马塞尔·普鲁斯特的重要性，我觉得没有人会过分高估其重要性。我觉得，长久以来，没有任何一位作家能与其媲美，让我们变得如此丰富。

B夫人昨天跟我讲，她曾一直都弱视，父母却没有及时发现，在她快十二岁的时候才给她戴眼镜。"当时的欣喜还清晰可感，"她对我说，"那是我第一次看清院子里所有的小石子。"——当我们读普鲁斯特时，我们突然开始觉察到细节，而在此之前我们眼前呈现的只是一团东西。您会告诉我，这就是所谓的"精神分析师"。不，精神分析师要费劲分离，解释，参与：普鲁斯特很自然地就有此感受。普鲁斯特是眼光比我们要敏锐得多、专注得多的人。在我们阅读他的作品全部时间里，他把这双慧眼借给了我们。他注目（全然出于本能，毫无观察的痕迹）的东西是世间最自然的事物。阅读普鲁斯特时，我们总感觉是他的附身让我们得以看清。借助他，我们生命中所有含糊不清的都脱离了混沌而渐渐清晰。纷繁多样的感觉在萌芽状态就悄然潜藏到每个人身上，有时只待一个范例抑或一个名称，我要说：一次揭示以彰显存在。多亏普鲁斯特，我们想象已经亲身体验过了这种细节，我们承认它，接受它，这纷繁的感觉丰富了我们的过去。普鲁斯特的作品如同强力显影剂作用于半罩的玻璃感光片而作用于我们的记忆，突然，某张面孔，某个遗忘的微笑，以及潜藏在记忆深处被一股脑儿勾起的某些情感全都浮现在眼前。

我不知最该欣赏他什么，是内观时超常的洞察力，还是掌控细节的神奇艺术，它只给我们展现鲜活而有生气的迷人细节。普鲁斯特的文字就我所知是最讲究艺术的（"艺术"一词用于龚古尔兄弟让我感到厌恶，但一想到普鲁斯特，我便无丝毫不悦了），在他的文字里，笔触从来不会感到拘束。当要表达无法描述的事物，如果找不到合适的词，他就会借助意象；他拥有整套"类比""对等""比喻"的意象宝库，它们都那么精确而美妙，以至于有时人们会怀疑究竟是哪一方给了另一方更多的生命、更多的光彩和更多的趣味，进而怀疑究竟是情感借助于意象，抑或这飘忽的意象是否无须情感寄托。我寻找这种风格的缺点，却一无所获；我寻找它的主要优点，竟也无所发现。这种风格不是具有这种或那种的优点，而是集所有优点之大成（不过，这可能并非单单是褒赞），它并非轮流出现而是同时登场；他的风格灵动，无雕琢之痕。和他相比，任何其他文风都显得矫饰、平淡、含混、粗糙、毫无生气。我需要自己来招认吗？每当我重新跃入这极乐湖中，之后好多天我都不敢再执笔——就像是一部杰作偶然带给我们巨大的震撼——无法承认除此之外还能有更好的笔法，而回顾我那被你们誉作"纯粹"的文风，自愧只能称得上贫乏而已。

您告诉我说，普鲁斯特的句子之长往往令人疲累。不过，稍等一下，让我来给您大声朗读这无休止的长句：一切组合得何其迅速！框架搭建得何其完美！思想的图景多么深邃！……我想象《盖尔芒特》中的一页，它像马拉美的《骰子一掷》那样的版式印刷。我以顿挫的语调突出主词，按照我的方式调配次要词句，通过加快或减缓语速来表达它们的细腻微妙，我向您保证这个句子没有丝毫冗余之处，无须减一词来维持各框架间的距离，来确保句子虽繁杂却完全地舒展……普鲁斯特的作品如此细腻，我却丝毫没觉得啰唆；如此丰富却绝不烦琐。"精细而不琐碎。"路易·马丁－肖菲耶[1]评价得恰如其分。

普鲁斯特曾向我举例解释雅克·里维埃笔下"笼统性"一词的意涵，他借此揭露这一类人思想的懒惰：他们满足于抓住一大堆与习惯相连的情感，我们误以为这是一簇同质的情感。普鲁斯特细心地解开每一簇情感之束，除掉其中一切混杂的成分。他向我们展示花朵、茎秆，最后甚至连纤细的根毛也一同展示，他才会满足。多么奇妙的书啊！进入其中就像是走进了一座魔幻森林。从头几页起，我们就迷失了，不过是愉悦地迷失其中。很快，我们就不知是从哪儿进来，也不知离林边有多远；时而，我们好像在踏步却没有前进，时而却似乎前进了而并未举步，我们边走看，不知身处何处，将往何处。于是：

> 突然，父亲叫我们停下来，问母亲："我们到哪儿了？"以父亲为骄傲的母亲走得筋疲力尽，

1　路易·马丁－肖菲耶（Louis Martin-Chauffier, 1894－1980），法国记者、作家、出版人。

温柔地向他坦言她一点儿也不知道。父亲耸耸肩，笑了。既而，他像是从西装口袋里拿出钥匙一般，让我们看前方，在不知名的道路的尽头，在圣灵街之一角，冒出我们家花园的后门。母亲赞道："你棒极了！"

您棒极了，亲爱的普鲁斯特！好像您只在谈论自己，而您的作品却同整个《人间喜剧》一样人物众多。您所写的不是小说，亦没有在书中安排或展示任何情节，然而，我并不明白为何人们还读得兴味盎然。可以说，您只是随意附带着向我们介绍了您书中的人物，可是我们很快就熟识了他们，就像熟识邦斯舅舅、欧也妮·葛朗台或伏脱冷。似乎您的书并非是"创作"出来的，似乎您无意间显露了您的丰富性。我期待您未来的作品以便好好品鉴，但我已猜得到您书中的一切要素会以潜隐的布局展开，就像一把扇子的扇骨，底部彼此叠加，上部以轻盈的织物连起，您缤纷多彩的作品在此展开。在写作的道路上，您找到了将表面散乱的回忆与准确而独到的思考相结合的途径，借此来纵谈一切。我甚至希望在您的作品附录中有个类如词汇表的东西，能够让我们轻松地找到关于睡眠，关于失眠，关于疾病、音乐、戏剧艺术和演员的表演等的评论……这样的词汇表可能已经很厚了，等您答应我们的书全部问世的时候，我想就得把我们语言的几乎所有词汇都囊括其中了。

如今，要是寻求这部作品中我最欣赏的地方，我认为就是它的无动机性。我不知道还有什么比这更无用，比这更少去寻求证明的。——我深知这是艺术作品所谓的追求，每一件艺术品在美中体现着目的性。这部作品的特色在于，构成整部作品的一切要素都极力表现。倘若整体本身毫无意义，即使于整体有用的东西亦不会出现或不该出现。而我们知道，所有于整体无用的一切必然伤害整体。——在《追忆似水年华》中，这种从属关系如此隐秘，似乎书的每一页自身都呈现出完美的自足性。于是，有了这种极度的慢条斯理，有了这种对于快的无欲无求，有了这种持续的满足感。我只在蒙田的作品里感受过这种类似的漫不经心，这大概就是我读普鲁斯特作品时的愉悦感可同《随笔集》带给我的感觉相媲美的缘由。这两部作品皆是闲适之大作。我并非只想说，创作这类作品，作者精神上必定完全摆脱了时光流逝的感觉，其实这类作品也要求读者有同样的闲情逸致。作品如此要求，同时也如此收获，这才是它们真正的贡献。您会告诉我，哲学和艺术的特性就是完全地摆脱时间的束缚，普鲁斯特的作品在这一点上尤为特别，它关注每一个瞬间，他似乎以时光的飞逝本身为对象。他是生活的隐遁者，却并没有远离生活；以俯临生活的姿态，他凝视生活，或更确切地说，他从自身凝视生活的倒影。因此，倒影愈不安，镜面愈宁静，目光愈专注。

奇怪的是，此类作品问世于一个事件处处战胜观念的时代。在这个时代，时间隐去，故事嘲笑思想，沉思似乎是不可能、亦不被允许的；在这一个时代，我们还没有从战争的创伤中恢复，我们只关注有用的、实用的东西。突然，普鲁斯特的作品横空出世,它毫无用处,毫无动机,却让我们觉得比那众多的以实用为唯一目标的作品更有益,更有大帮助。

1921 年 3 — 4 月

安德烈·纪德

重读《欢乐与时日》

普鲁斯特过世之后

我对同辈作家中有两位敬仰不已，在我看来期望他们荣耀流芳并非妄想——一位是诗人，另一位是散文家——两人几乎互不相识，彼此亦无法理解——但分别获得了异常独特而又如此相似的成功：他们是马塞尔·普鲁斯特和保尔·瓦莱里。他们在年龄相仿时毫无建树，后来几乎同时发表了早期作品，随后又沉寂了十五年。他们给我们这个急躁的时代树立了多好的榜样，表明蔑视功名可获致何等突然的荣耀，而懂得等待的艺术家则具有何等高超的驾驭本领。

　　如今，重读《欢乐与时日》，我觉得这部出版于1896 年的精细作品，优点特别鲜明，然而一开始竟无人激赏，这让我深感意外。但是，今天我们的眼光已有经验，我们在马塞尔·普鲁斯特近期作品中所激赏的东西，无一不在这部作品中呈现，而原先我们对此却不懂得欣赏。是的，我们在《斯万》和

《盖尔芒特》里所激赏的一切，早以巧妙而隐伏的方式存在于这部作品中：孩子等待母亲道晚安；间歇的回忆；悔恨之情的消退；地名激发的力量；嫉妒的困扰；令人诚服的景色，——甚至维尔杜兰家的晚餐，宾客们的故弄风雅，言谈间过度的虚浮——或者于普鲁斯特弥足珍贵的某种评论，这常常成为他思想的源泉——在《欢乐与时日》这部处女作中，我发现这一点两次得到印证。第一次是关于这个孩子，他不断地觉得需要"心怀绝望"地把现实的"不够完美"与梦中或回忆里的"绝对完美"相对照，他惊愕不已，随之离世。"每一次，"普鲁斯特写道，"他试图在环境的不完美中寻觅他绝望的偶然因素。"[1] 随后，在《爱情光辉里的希望之批评》中有这样一段："就像炼金术士总把自己的失败归于偶然因素，而且原因每每不同，全然不去怀疑现时的本质中包含着难以拯救的不完美，却去指责特殊环境的邪恶……"[2]

---

1 《欢乐与时日》，第184页。——原注
2 同上，第228页。——原注

是的，一切后来在其长篇小说中得以壮丽绽放的东西，在这部作品中以新生的姿态出现，是这些大花朵——后来我们所激赏的一切——新鲜的花蕾；我们所激赏的，正是这些细节描写和这种丰富性，一切在此充满希望、仅处于萌芽状态的东西得以大量繁衍、夸大和明显的扩张……这一探索本身，在后来的《追忆似水年华》中得以延续，不仅涉及其所有的或几乎所有的主题，而且还宣告或预示了未来的鸿篇巨制。因此，在阅读下面一段文字的时候，我们仿佛听到他在谈论自己未来的作品："在这一切之中，可以见到若干表观肉欲或温情的清晰细节，展示的几乎都是与其生活环境无关紧要的东西。*这就好比一幅巨型壁画，是靠笔触描绘而非用语言来讲述其生活*。借助其富于激情的色彩，以极其模糊同时又极其独特的方式，以巨大的感发力量，描绘他的生活。"[1]

当然，我不至于会说，我们在这些早期作品中见到了他成熟期那些精细完美的篇章——尽管在

1　《欢乐与时日》，第186页。——原注

二十页的《一个少女的忏悔》中，依我看其中有些文字能跟他写得最好的部分相媲美——在这些篇章中，我惊奇地发现普鲁斯特对某类问题特别关注，唉，可惜他后来完全抛弃了此类题材——在《模仿耶稣—基督》中，他用来作为卷首语的这句话充分说明了这一点："感官的欲望把我们引向四面八方，但在过往的时光里，您究竟带来了什么？良心的责难和精神的涣散。"当然，毋庸置疑，他那些尚未发表的作品会给我们惊喜。我能断言的，那就是，在他第一部作品中出现的所有题材，我觉得没有一个不值得普鲁斯特给以更大的关注，我特别期待能发现这些题材在别处细致的再现。

但是，更奇特、更明显的是，在《欢乐与时日》的序言里，或更确切地说，在他写于1894年的卷首献词中，我们读到："在我孩提时代，我以为圣经里没有一个人物的命运像诺亚那样悲惨，因为洪水迫使他囚禁于方舟达四十天之久。后来，我经常患病，在漫长的时日里，我也不得不待在'方舟'上。于是，我懂得了诺亚唯有从方舟上才能如此看清世界，尽管方舟是封闭的，大地一片漆黑。"[1]普鲁斯特的一生让这一小段颇带预言性的话语有一种独特的激情。长期以来，痼疾把普鲁斯特囚禁于"方舟"，诱使他或强迫他安于这黑暗的存在，他最终适应了这种存在。映着幽暗的背景，依着他神奇的回忆，那些细致入微的画面得以如此明晰地呈现。在他长期的闲暇生活中，唯有现时的喧哗偶尔搅扰了他的这一存在方式。在此，我不想谈他的焦虑，他疾病的痛苦，也不想谈他那颗不断被爱情占据的心灵迷人的冲动——在这如此神秘而拘囿的空间里，他已习惯生活其中。在他这里，冲动显著被加强，以致每一种感觉，尽管很微弱，在其他人身上可能早已被日常生活所冲淡，却转化为精巧、用心、敏感而痛苦的创作。——这颗心灵让他成为一位如此卓越而讲究奢华的朋友，因而在他身旁，人们常常感到有些紧张，仿佛因某种感知的贫乏而感到羞耻……"病人，"他在这篇序言中还写道，"觉得离

---

1 《欢乐与时日》，第7页。哪位语言纯洁主义者敢批评普鲁斯特"尽管"（malgré que）的用法？——原注（法文通常不用这个连词引导从句表达让步、转折的意义。——译注）

自己的灵魂更近。"他还说，"生活是一件艰难的事情，它跟我们贴得太紧，不断地伤害我们的灵魂。*一旦感到生活的紧扼有片刻的放松，人们便可以感受到超验的快乐*。"[1]普鲁斯特出色的才华已经在这句充满朝气的话语中呼之欲出，他未来作品的特色正是浸润着这种"超验的快乐"。我想将同一本书稍后处读到的另一句话与之连接："我们同死亡举行婚礼，因为只有死亡知道我们*知觉的永存*能否诞生。"[2]

1927 年

1 　《欢乐与时日》，第 7 页。——原注
2 　同上，第 185 页。——原注

图书在版编目（CIP）数据

追忆往还录/（法）马塞尔·普鲁斯特，（法）安德烈·纪德著；
宋敏生译. —成都：四川文艺出版社，2019.4
ISBN 978-7-5411-4885-9

Ⅰ.①追… Ⅱ.①马… ②安… ③宋… Ⅲ.①书信集
—法国—现代 Ⅳ.①I565.65

中国版本图书馆CIP数据核字（2019）第025806号

ZHUIYI WANGHUAN LU

追忆往还录

（法）马塞尔·普鲁斯特　　（法）安德烈·纪德　著

宋敏生　译

策　　划　　副本制作文学机构
出版统筹　　冯俊华
责任编辑　　苟婉莹　周　轶
封面设计　　刘山英
内文设计　　邵　年
责任校对　　段　敏
责任印制　　唐　茵

出版发行　　四川文艺出版社（成都市槐树街2号）
网　　址　　www.scwys.com
电　　话　　028-86259285（发行部）　　028-86259303（编辑部）
传　　真　　028-86259306

邮购地址　　成都市槐树街2号四川文艺出版社邮购部　　610031
印　　刷　　成都东江印务有限公司
成品尺寸　　117mm×186mm　　开　　本　　32开
印　　张　　3.25　　　　　　　字　　数　　70千
版　　次　　2019年4月第一版　　印　　次　　2019年4月第一次印刷
书　　号　　ISBN 978-7-5411-4885-9
定　　价　　39.00元